HORMISDAS

TRAGÉDIE EN TROIS ACTES.

EN VERS.

Par le Citoyen LUCE, Professeur de belles-lettres, en la ci-devant Université de Paris, Auteur de MUTIUS SCŒVOLA.

À PARIS,

Chez les marchands de nouveautés.

L'AN TROISIÈME DE LA RÉPUBLIQUE.

AVERTISSEMENT.

Cette Tragédie, dont le fonds et les détails, en exceptant le rôle de BUSURGE, se trouvent dans l'histoire du bas-Empire, est faite depuis cinq ans; je n'avois d'abord voulu que m'exercer sur un sujet qui m'avoit paru très dramatique, et j'étois si éloigné de ſonger à en ſaire une pièce de circonſtance, que je ne penſois pas même à la ſaire jouer jamais. Des amis m'engagèrent à la préſenter au Théatre-François; je la préſentai aux François, je la préſentai depuis au Théatre de la République: Elle me valut mes entrées à ces deux théatres, fut très bien accueillie par tous les deux, et jouée sur aucun.

Elle avoit d'abord paru trop hardie, bientôt elle parut modérée, tantôt au-deſſus, tantôt au-deſſous des circonſtances, tour-à-tour trop ou trop peu révolutionnaire, jamais elle ne fut jugée à l'ordre du jour. Ne pouvant parvenir à la ſaire repréſenter je la livre à l'impreſſion afin que le public juge de ſon mérite ſoit Littéraire ſoit Politique.

ERRATA.

Page 5, vers 4.
La triste Ctésiphon regarde ENCORE flotter
Lisez : ENCOR

Page 12, vers 12.
Et doivent leur salût AUX mépris qu'ils inspirent
Lisez : AU mépris

Page 14, vers 9.
Suivez-moi, mes amis, c'est là, CET hormisdas
Lisez : C'EST hormisdas

Page 19, vers 20.
Ils ont fui mon malheur et non LA tyrannie
Lisez : et non MA tyrannie

Page 29, vers 9.
Il A pu le céder etc.
Lisez : il N'A pu le céder

Page 30, vers 4.
Je vous laisse, Seigneur, on ne SE DOUTE pas
Lisez : on ne SOUPÇONNE pas.

Page 32, vers 2
Et que FERAIS-JE helas ! etc.
Lisez : et que FERAI-JE

A L... E B..K

C'est un hommage bien peu flatteur, mon amie, que celui d'une tragédie qui n'a point eu les honneurs de la représentation : Mais après avoir honoré celle-ci de votre suffrage, après m'avoir indiqué les corrections les plus heureuses, enfin après le constant intérêt que vous avez pris à cet enfant malheureux, jouet des circonstances et des hommes, pour mettre le comble à votre bienveillance, il vous restoit encore à l'adopter, et cette adoption ne me permet pas de le croire tout à fait sans mérite. Il en aura toujours un bien précieux pour moi : C'est à lui que je dois le bonheur de vous connoître : Sans lui j'aurois peut-être ignoré toute ma vie qu'au sein de ma patrie il existoit une femme en qui la nature a réuni tous les agrémens de l'amabilité ; qui joint à l'âme la plus douce, la plus aimante, l'esprit le plus orné et le goût le plus sûr ; une femme vraiment philosophe, et qui n'argumente pas, qui écrit comme J. J. et ne s'en doute pas, qui fait les plus jolis vers et ne les imprime pas, une femme enfin qui ne l'est que par les graces et qui compte autant de veritables amis que ses charmes et ses talents lui font d'adorateurs. J'entends quelqu'un se récrier et dire : il n'éxiste point de modèle d'un pareil portrait, ce ne peut être que le rêve d'un cerveau poëtique ou d'un cœur amoureux..... C'est votre faute aussi pourquoi votre modestie m'a-t-elle défendu de vous nommer.

LUCE.

PERSONNAGES.

HORMISDAS.	ROI DE PERSE.
BINDOES.	
BUSURGE.	ANCIEN GOUVERNEUR D'HORMISDAS.
SARAME.	AMI DE BINDOES.
VARAME.	GÉNÉRAL DES ARMÉES D'HORMISDAS.

UN OFFICIER DE LA GARDE D'HORMISDAS.

GARDES.

PEUPLE.

LA SCÈNE EST A CTÉSIPHON.

HORMISDAS.

TRAGÉDIE EN TROIS ACTES.

ACTE PREMIER.

LE THÉATRE REPRÉSENTE LE VESTIBULE DU PALAIS D'HORMISDAS.

SUR LES COTÉS ON APPERÇOIT LES MURS D'UNE PRISON.

SCÈNE PREMIÈRE.

BINDOES, VARAME.

BINDOES.

Quoi de ce fier tyran l'injurieux caprice
Ose ajouter ainsi l'outrage à l'injustice!
Quoi! le sort à Varame est contraire une fois,
Et pour un seul revers, oubliant mille exploits,
C'est peu de lui ravir la périlleuse gloire
De guider nos guerriers aux champs de la victoire,
L'ingrat qui doit son sceptre à ses nobles travaux,
Fait porter sans pudeur aux pieds de ce héros
D'un sexe foible et vain l'insultante parure,
Des vêtements de femme!... Ah! cet excès d'injure,
Et tant d'ingratitude après tant de succès,
Surpassent à mes yeux tous ses autres forfaits;
Ce trait en est le comble.

SARAME.

Il en sera le terme.
Ne croyez pas, Seigneur, que Varame renferme
Le sentiment profond du trait qui l'a blessé;
J'ai vu, j'ai vu briller dans son œil courroucé
L'éclair avant-coureur des foudres qu'il prépare.
L'armée en sa faveur hautement se déclare,
Et j'ai lu sur son front, qu'il déguisoit envain,
Tout le trouble d'un cœur qu'agite un grand dessein;
Il n'a pu le céler, en m'offrant cette lettre
Qu'au tyran de sa part je dois ici remettre.
Mais vous, dont les vertus balançant ses forfaits,
Consolent les Persans des maux qu'il leur à faits,
A la cour d'Hormisdas quel lien vous enchaine,
Vous, malheureux objet de sa constante haine,
Vous Bindoes....

BINDOES.

L'espoir, hélas toujours déçu,
D'arrêter le forfait que son âme a conçu,
D'épargner quelques pleurs à ma triste patrie;
Mon zèle infructueux irrite sa furie;
Sans doute il me perdra; mais j'attendrai mon sort,
Qui vit sous un tyran redoute peu la mort.

SARAME.

Ainsi dans ses fureurs ce despote implacable,
N'adoucira jamais le joug qui nous accable:
Ce sombre abattement, ce mépris de vos jours
Me dit trop qu'Hormisdas est tel qu'il fut toujours.

BINDOES.

BINDOÈS.

Plût au ciel qu'en effet ce tyran que j'abhorre
Tel que tu l'as connu, pût se montrer encore!
Attaché dès l'enfance à ces funestes lieux
De sa férocité tu n'as vu que les jeux:
En crimes trop fécond son malheureux génie,
N'avoit point épuisé l'art de la tyrannie,
Les leçons de Busurge à ce monstre naissant
Opposoient quelquefois un frein assez puissant.
Depuis tu n'as appris que par la Renommée
Les progrès de sa rage au crime accoutumée.
Ainsi que moi, Sarame, hélas! tu n'as pu voir
L'épouvantable abus qu'il a fait du pouvoir;
Je ne te parle point de cette violence
Qu'on irrite souvent même par son silence;
Je passe cet orgueil si facile à blesser,
Et qui compte pour rien le sang qu'il fait verser;
Ce faste ruineux, et ces injustes guerres....
Ce ne sont là pour lui que des crimes vulgaires.
Son cœur féroce est né pour de plus grands forfaits.
Payer par des affronts les plus rares bienfaits,
Au mérite, aux vertus ne faire jamais grâce
Des plus vils délateurs encourager l'audace,
Soupçonner sans motif, punir sur un soupçon,
Employer tour-à-tour le fer ou le poison,
Enfin dans l'art affreux d'inventer des supplices
Des plus fameux tyrans surpasser les caprices,
Voilà comme Hormisdas gouverne ses états.
Mais sans te rappeller ses autres attentats,
Regarde ce cachot où gémit l'innocence,
Ces souterrains profonds creusés par la vengeance
Qu'il a placés sans doute autour de son palais
Pour que, s'offrant sans cesse à ses yeux satisfaits,
Ce voisinage affreux du deuil de la misère,

Lui fit de son destin injustement prospère,
Avec plus d'insolence envisager l'éclat.
Là, Busurge long-tems le soutien de l'état,
Dont les soins paternels ont guidé sa jeunesse,
Busurge, dont la Perse admire la sagesse,
Expia dans les fers, où sans doute il est mort.
D'un mérite importun l'impardonnable tort;
Là gémissent en foule.....

SARAME.

Ah! c'est assez m'instruire:
Après un pareil trait souffrez que je respire;
S'il n'a point de Busurge épargné les vertus,
Les plus affreux récits ne m'étonneroient plus.

BINDOES.

Tu te trompes, Sarame, et ton âme étonnée
De plus d'horreur encore frémiroit consternée
Si mon pinceau fidelle alloit te retracer
Par quels excès lui-même à pu se surpasser
Si-tôt que de Varame il a sçu la défaite;
Si je te le peignois faisant tomber la tête
Du malheureux qui vint, sans craindre un tel accueil,
Des torts de la fortune avertir son orgueil;
Si tu voyois enfin ce tyran frénétique
Errant en insensé sous ce vaste portique,
Accablé d'un revers qu'il ne soupçonnoit pas,
Accuser tour-à-tour les chefs et les soldats,
Et cherchant par le meurtre à consoler sa gloire,
Lui même des romains completter la victoire
En livrant aux bourreaux les parents, les amis
De tous ceux qu'épargna le fer des ennemis.

(SARAME FAIT UN GESTE D'HORREUR.)

Oui, Sarame, et le Tygre, en ses ondes sanglantes
Reçut avec effroy leurs têtes innocentes,
Que d'un œil immobile, et n'osant les compter
La triste Ctésiphon regarde encore flotter.

SARAME.

Et vous vous contentez de gémir, de vous plaindre,
Et vous n'osez punir ce que vous osez peindre!
Seigneur, si la vengeance est pour vous sans appas,
Si Bindoes peut vivre esclave d'hormisdas,
Voyez ces malheureux dont les ombres plaintives
Du Tygre ensanglanté font retentir les rives;
Voyez tous vos amis ou morts ou dans les fers,
Vous reprochant l'oubli des maux qu'ils ont soufferts,
Vos ayeux s'indignant que votre lente audace
D'un féroce tyran n'ait point détruit la race;
Busurge qui peut-être en ces affreuses tours
Traine encor dans les pleurs le fardeau de ses jours,
Toute la Perse enfin qui par ma voix vous crie:
» Arme-toi, Bindoes, délivre ta patrie »;
Cédez enfin, cédez à des cris si puissants;
Le ciel fit les héros pour punir les tyrans.
Abandonnerez-vous cette gloire à Varame,
Lorsque vous seul pouvez....

BINDOES.

Tu m'offenses, Sarame,
Si tu crois qu'à venger son pays opprimé
Bindoes ait par toi besoin d'être animé.
Nul mortel plus que moi ne hait la tyrannie,
Et nul ne souffre plus de la voir impunie.

Je sais que fatigué d'un règne destructeur
Le peuple hautement me nomme son vengeur,
Que s'il a pu long-temps se taire et se contraindre,
Las de souffrir enfin il commence à se plaindre,
Que le torrent grossi, tout prêt à déborder,
N'attend qu'une secousse, et va tout inonder;
Mais mon cœur tour-à-tour qui résiste et qui cède,
S'il abhorre le mal, redoute le remède;
Et Varame surtout est suspect à mes yeux.

SARAME.

Il déteste hormisdas.....

BINDOES.

Il est ambitieux.

SARAME.

Qu'importe! les Persans béniront son audace,
S'il détrône un tyran......

BINDOES.

Et s'il prenoit sa place?
Ami, soyons prudents, n'allons point enhardir
Quelque hormisdas nouveau qui cherche à s'aggrandir,
Qui, défenseur des loix, qu'il méprise peut-être,
S'il veut perdre un tyran, c'est qu'il aspire à l'être,
Ah! nous verrions bientôt ce thrône ensanglanté
Presque toujours vacant, et toujours acheté.;
La Perse, ainsi que Rome, aux factieux livrée,
Par leurs divisions sans cesse déchirée,
Adorant aujourd'hui pour détester demain,

Libre, esclave à la fois, sans pouvoir et sans frein,
De ses propres malheurs complice soudoyée,
Incertaine en ses vœux, du présent effrayée,
Redoutant l'avenir, et le dirais-je, hélas!
Regrettant à la fin le règne d'hormisdas.
Non, non, mon zèle est pur; j'offre mon sang, ma vie,
Mais pour venger les loix, pour sauver la patrie,
Et d'un courroux égal mon cœur armé contre eux
Jure guerre aux tyrans, et guerre aux factieux.
Mais Hormisdas paroit: quel air sombre et farouche,
Le trouble est dans ses yeux, l'insulte est dans sa bouche.

SCÈNE II.

HORMISDAS, BINDOES, SARAME.

(SANS VOIR BINDOES.

HORMISDAS.

Quoi! j'entendrai toujours des plaintes, des clameurs!
Partout mes volontés trouveront des censeurs!
Quand je me suis vengé de qui m'a pu déplaire,
Mon peuple se permet de blâmer ma colère!
Quoi! né pour obéir, se taire et m'adorer,
Jusques dans mon palais, il ose murmurer!
Et Bindoes dit-on est le dieu qu'on implore;
Ah! c'est me reprocher que je l'épargne encore,
C'est avertir ma haine... et... (APPERCEVANT BINDOES).
Qui vois-je en ces lieux?
C'est Bindoes!...

BINDOES,

Seigneur....

HORMISDAS.

Fuyez loin de mes yeux.

BINDOES.

Puis-je savoir?....

HORMISDAS.

Fuis, dis-je, et bénis ma clémence,
De t'être impunément offert en ma présence;

(BINDOES SORT EN FAISANT UN GESTE D'INDIGNATION).

SCÈNE III.

HORMISDAS, SARAME.

SARAME. (lui présentant la lettre de varame).

Ce billet que Varame a remis en mes mains....

HORMISDAS.

Varame... que veut-il? eh quoi! lorsqu'aux Romains
Son bras si lâchement a cédé la victoire,

Prétend-il excuser l'affront fait à ma gloire?

(IL LIT).

»J'ai reçu tes présents; ils sont dignes de toi;
»Le sort va décider s'ils étoient faits pour moi,
»Couvert jusqu'à ce jour d'une pesante armure
»Le fer et les lauriers m'ont servi de parure;
»Mais au fond d'un sérail je consens de porter
»Les honteux ornements qu'on m'ose présenter,
»Si ma main dans trois jours ne t'en revêt toi même.
»Oui, je veux dans trois jours briser ton diadême,
»Et soulageant tes mains d'un trop pesant fardeau,
»Je veux, au lieu d'un sceptre, y placer un fuseau.

(APRÈS AVOIR LU)

Je ne me connois plus... la vengeance... la rage...

(A SARAME).

Et c'est toi....

SARAME.

Pardonnez un indiscret méssage,
J'ignorois....

HORMISDAS.

Toi pefide.... oh! non, n'espère pas....
Tu savois bien... holà, gardes, qu'un prompt trépas,
Que cent coups de poignard exterminent ce traitre,
Qui, porteur d'un outrage, ose aborder son maitre:
Qu'il meure. (ON ENTRAINE SARAME).
Mais Varame,... ah bientôt tout son sang...
Oui, moi-même, je veux en épuiser son flanc;
Moi seul, je dois venger l'honneur du diadême;
Mille de mes guerriers partent à l'instant même,
Chargés de m'amener ce rebelle insolent,

Ah! combien leur retour va me paroître lent! ....
Que je souffre ;... un sujet et m'insulte et respire ....
Il ose... non vengeance, envain ta voix m'inspire,
Tu n'as point de tourment pour ce forfait nouveau,
Et la victime enfin a vaincu son bourreau.

(IL RESTE UN MOMENT COMME ANÉANTI.)

SCÈNE IV.

HORMISDAS, BINDOES.

BINDOES (ACCOURANT AVEC PRÉCIPITATION)

Non, dussais-je courir moi même à mon supplice,
Je ne trahirai point l'amitié, la justice.

HORMISDAS (AVEC IRONIE).

Venez, de votre maître équitable censeur,
Qui de tous mes arrêts condamnez la rigueur ;
Voyons si cette fois votre vertu sévère
Trouvera des raisons pour blâmer ma colère.

BINDOES (AVEC SURPRISE).

Quoi! vous voulez! ....

HOSMISDAS (LUI PRÉSENTANT LA LETTRE).

Lis, vois, comme on traite hormisdas,

(BINDOES

(BINDOES LUI REND LE BILLET APRÈS L'AVOIR LU)

Eh bien, que penses-tu de pareils attentats?

BINDOES.

Je vois dans ce billet l'audace de Varame,
Mais je n'y trouve point le crime de Sarame.

HORMISDAS.

C'est lui qui l'apporta....

BINDOES.

Quoi! c'est là tout son tort;
Pour le crime d'un autre, il reçevoit la mort
Si je n'eusse arrêté... mais que dis-je d'un autre,
Si c'en est un, Seigneur, ce forfait est le vôtre :
N'imputez qu'à vous seul, qu'à ces présents honteux
Qui d'un chef renommé par des succès nombreux,
Ont aigri l'infortune et flétri la vaillance,
Ce billet menaçant qu'a tracé la vangeance.
Seigneur, il est des torts qui ne font point rougir;
Il est des attentats qu'un héros peut souffrir,
On en voit sans courroux supporter l'injustice,
Et l'exil, et les fers, et même le supplice :
Mais l'honneur outragé veut un châtiment prompt,
Et jamais un grand cœur ne pardonne un affront.

HORMISDAS.

Ainsi, vous approuvez son insolence extrême :
Et ce billet enfin...

BINDOES.

Je l'eusse écrit moi-même.

HORMISDAS.

Ah! traître c'en est trop, moi-même si long-temps,
Je rougis d'écouter tes discours insultants :
Gardes, dans la prison traînez ce téméraire.

BINDOÈS (TANDIS QU'ON L'EMMÈNE).

Je te donnois encore un conseil salutaire ;
Tremble, c'est le dernier, le peuple qui te hait,
Pour te punir enfin, n'attend que ce forfait.

SCÈNE V.

HORMISDAS.

Du plus léger complot ta tête va répondre.
Il falloit cet exemple, il suffit pour confondre
Ces esprits inquiets, ennemis ténébreux
D'un monarque trop grand, pour s'abaisser vers eux ;
Qui grâce à leur foiblesse impunément conspirent,
Et doivent leur salût aux mépris qu'ils inspirent.
Bindoës seul pouvoit mériter mon courroux :
Le coup qui l'a frappé va les foudroyer tous.

SCÈNE VI.

HORMISDAS, Un Officier de sa Garde.

L'officier.

Ah! Seigneur, paroissez; la ville est en allarmes:
Le peuple se soulève, on court, on prend les armes;
Ces soldats par vous même envoyés aujourd'hui
Pour surprendre Varame, et s'assurer de lui,
Rentrent dans Ctésiphon, sans Chefs, bouillants de rage;
C'est ce palais surtout que menace l'orage:
Il est prêt d'éclater. Pour hâter ses progrès
On appelle à grands cris Bindoës.

HORMISDAS.

Bindoës! . . .
Cours, vole à la prison, et par un prompt supplice
Immole . . .

L'officier.

Juste Ciel! vous voulez . . .

HORMISDAS.

Qu'il périsse.

L'officier.

D'un mortel vertueux que craindre?

Ca

HORMISDAS

Ses vertus.

L'officier.

La Perse le chérit.

HORMISDAS.

C'est un crime de plus.

L'officier.

Ah! souffrez....

HORMISDAS.

Obéis, ou tu meurs.... mais qu'entends-je!...
Quel bruit... autour de moi que ma garde se range:
Qu'au milieu du palais, mon thrône préparé
Soit de mes Courtisans, avec pompe entouré;
Je veux voir, si bravant la Majesté Suprême,
Leurs regards soutiendront l'éclat du diadême.

(IL SORT ET BINDOES RENTRE PAR LE COTÉ OPPOSÉ)

SCÈNE VII.

BINDOES, SARAME, troupe de peuple.

BINDOES L'ÉPÉE A LA MAIN.

Suivez-moi, mes amis, c'est là, cet hormisdas,
Que doit frapper la foudre, et ne balancez pas:

Puisque je les conduis, vos coups sont légitimes,
Bindoës n'est point fait pour commander des crimes;
Le crime est d'obéir, lorsque l'oppression
Nous a fait un devoir de la rébellion:
Amis, ce n'est qu'aux loix qu'on doit obéissance,
Puisqu'il n'est plus de loix, il n'est plus de puissance;
Hormisdas nous opprime: hormisdas est tyran:
Ce mot l'a condamné; je vois qu'un noble élan
Vous transporte, et répond à mon impatience;
Vos cœurs, vos yeux, vos mains appellent la vangeance;
Vous serez tous vengés; ce bras libre par vous
Sert ma reconnoissance, en servant mon courroux;
Je le jure par toi, toi que la Perse adore,
Par tes sacrés rayons que je revois encore,
Mais que je haïrais, si l'œil d'un oppresseur
En devoit avec moi partager la douceur.;
Je jure, Dieu puissant, bienfaiteur de la terre,
Que quand le jour naissant nous rendra ta lumière,
Hormisdas, que sans doute elle éclaire à regrèt,
Du peuple qu'il opprime aura subi l'arrêt.

SARAME.

Faisons plus, et jurons d'exterminer sa race;
C'est changer de tyran, que de mettre en sa place
Des enfants qui, nourris dans l'orgueil paternel,
Perdroient mal-aisément ce vice originel.
Choisissons un hèros...

BINDOES.

Ami qu'oses-tu dire?
Veux-tu donc exposer le salût de l'empire,
En éveillant ainsi par un perfide espoir

La chatouilleux desir du souverain pouvoir?
Veux-tu donc qu'un tyran n'impute qu'à l'intrigue
Le noble dévouement qui contre lui nous ligue?
Ah: soyons à la fois, justes et généreux,
Et ne flétrissons point par des motifs honteux,
L'inestimable honneur de servir la patrie;
La Perse par nos mains dans ses droits rétablie,
Seule arbitre du joug qui lui convient le mieux,
Doit à son vœu suprême enchaîner tous les vœux;
Qu'elle prononce, alors notre tâche est remplie:
Contents d'armer nos bras contre la tyrannie,
Frappons, et puisqu'il faut, pour l'exemple des Rois,
Qu'on immole Hormisdas, ne l'immolons qu'aux lois.
De tout autre intérêt épurons notre haine;
Et quand d'un peuple entier nos mains brisent la chaîne,
Ne vendons point ces mains à des ambitieux:
Soyons des cytoyens, et non des factieux.

Un Perse.

Vertueux Bindoës, ton avis est le notre.

BINDOES.

Jurez tous avec moi de n'en avoir pas d'autre.

(TOUS ENSEMBLE ÉTENDANT LA MAIN).

Nous le jurons...

BINDOES,

Allons, rien ne m'arrête plus,
Je réponds du succès, et nos fers sont rompus.
Hormisdas a pour lui ces soldats mercenaires,

De ses lâches fureurs complices sanguinaires,
Qui, jouets de son luxe, esclaves d'un coup-d'œil,
D'un mobile rempart entourent son orgueil;
Que dis-je;... unis à nous, en nous voyant paroître
Eux-mêmes dans les fers, ils vont traîner leur maître.
Le palais s'ouvre;... allons, et vengeons à la fois
La liberté, l'honneur, la patrie et les lois.

(ILS FONDENT TOUS SUR LE PALAIS D'HORMISDAS).

Fin Du Premier Acte.

ACTE SECOND.

(LE THÉATRE REPRÉSENTE UNE VASTE PRISON, DONT LES PORTES ONT ÉTÉ ENFONCÉES, DANS UN DES COINS LES PLUS RETIRÉS QUI FORME UNE ESPÈCE DE CAVEAU, BUSURGE PAROIT ÉTENDU SUR DE LA PAILLE).

SCÈNE PREMIÈRE.

BUSURGE.

On ne vient point encore! elle est pourtant passée
L'heure, où de mes bourreaux, la main intéressée,

M'apportant un pain noir, par ce triste aliment
De mes jours malheureux, prolonge le tourment!
Cet abandon... les cris d'une foule insensée,
Dans un tumulte affreux, cette prison forcée,
Les captifs échappés, ces souterrains ouverts,
Ce matin si peuplés, maintenant si déserts,
Tout m'inquiette... hélas! qu'importe à ma misère
Quel démon, ou quel dieu peut agiter la terre!
Consumé par les ans, abandonné du sort,
Un seul vœu m'est permis, c'est celui de la mort.
Toi, son image, viens: sur ma foible paupière,
Sommeil, verse tes dons... il entend ma prière,
Pour qu'on la reconnût, même au fond des cachots,
Le ciel à l'innocence accorda le repos.

(IL S'ENDORT).

SCÈNE II.

HORMISDAS (enchaîné), SARAME, GARDES.

HORMISDAS (EN ENTRANT DANS LE CACHOT SE PRÉCIPITE SUR UN SIÈGE ET SE CACHE LA FIGURE AVEC LES MAINS).

SARAME.

Oui, des gouffres creusés dans ce dédale horrible,
C'est là le plus profond, et le moins accessible

Qu'il

Qu'il y reste plongé, que ce séjour affreux,
Sépulchre anticipé de tant de malheureux,
Où le sage Busurge a gémi sa victime,
Soit une fois du moins habité par le crime;
D'un coup plus rude encor tu vas être accablé
Tyran, pour te juger, ton peuple est assemblé.]

(IL SORT AVEC LES GARDES ET FERME LA PRISON).

SCÈNE III.

HORMISDAS (APRÈS AVOIR ÉTÉ QUELQUE TEMPS IMMOBILE).

Voilà donc où finit ma puissance suprême!
J'habite le cachot que j'ai creusé moi-même;
Un moment a vaincu l'effroy de l'univers!
O destin, Hormisdas vit, . . . et porte des fers . . .
Je vois ces courtisans, dont la voix importune
D'éloges éternels fatiguoit ma fortune,
Qui, fiers de leur bassesse, achetoient la faveur
De venir en tremblant adorer ma grandeur;
Je les vois, contre moi, déchainant leur furie
Lever insolemment une tête flétrie,
Et couvrant d'un beau zèle un parricide effort,
Quand leur cœur toujours vil n'a cédé qu'au plus fort!
Assassiner leur maître, au nom de la patrie:
Ils ont fui mon malheur, et non la tyrannie.

Insensé ! qui croiroit à leurs pompeux discours;
Puisqu'ils ont scu ramper, ils ramperont toujours.
C'en est fait... à régner je ne dois plus prétendre;
D'un peuple forcené que puis-je encore attendre?
Le supplice... la mort... mourir sans me venger!
D'un œil tranquile et fier, je puis envisager
Et les fers, et la mort.... mais mourir sans vengeance!
Ah! mon plus grand supplice est dans mon impuissance.
Quoi! j'ai vu sans effort, triompher Bindoës?
Quoi! la voix de ce traitre a séduit mes sujets?
Ah! mon courroux plus prompt auroit dû... mais Varame...!
Un rayon consolant vient ranimer mon âme,
Varame est fier, il doit, s'il est ambitieux
Haïr dans Bindoës un adversaire heureux;
Je doute qu'il apprenne encor sans jalousie
Que l'on ôte, et qu'on donne un monarque à l'Asie;
Sans l'avoir cousulté sur ce double attentat;
De Bindoës enfin quand il verra l'éclat,
Le peuple sur ses pas, qui court et se prosterne;
Honteux de n'être plus qu'un traitre subalterne,
Son cœur digne en effet de n'avoir point d'égal
Combattra son forfait par un forfait rival,
Et si sur les débris de leur chûte commune,
Je ne vois point un jour renaître ma fortune,
Des flots de sang au moins vengeront mes revers,
Cet empire accablé de mille maux divers,
Mes sujets dévorés d'une flamme intestine,
Victimes et vengeurs de ma propre ruine,
Réduits à mendier, pour finir leur malheur
La pitié des Romains... espoir consolateur!
En forfaits, en fléaux, ma mort sera féconde,
Hormisdas en tombant ébranlera le monde!
En tombant... est-ce donc en effet tout l'espoir
Que le sort me permet encor de concevoir?
N'est-il aucun moyen?...

(IL MARCHE D'UN AIR AGITÉ).

Sous cette affreuse voute
Ne puis-je découvrir, où frayer une route?...
Ces murs... quels traits ici viennent frapper mes yeux?...
Ils renferment peut-être un avis précieux,
Lisons...

(IL LIT).

„Dans ce cachot j'ai fini ma carrierre:
„Un signe d'hormisdas m'a ravi la lumière;
„Sans son ordre une fois j'ai paru devant lui;
„Ce fut là tout mon crime...

O supplice inoui!..
Mais mon œil apperçoit de nouveaux caractères:
Peut-être ils m'offriront des leçons moins amères:

(IL LIT).

„Vous qui dans ce séjour d'horreur,
„Trainez, innocentes victimes,
„Des jours tissus par la douleur,
„Consolez-vous, il est un terme aux crimes.
„Pour expier les maux que vous avez soufferts,
„Un jour privé du diadème,
„Et chargé de vos propres fers,
„Le superbe hormisdas y descendra lui-même.

O terre engloutis-moi! ciel! de quelles horreurs
Les coups que je reçois sont-ils avant-coureurs!
Quoi! jusques sur ces murs, devenus leurs complices,
La main de mes sujets a tracé mes supplices!
Mes bourreaux sont par-tout!... arrête ô ciel vengeur!
Je suis assez puni par ma seule fureur.

(IL RETOMBE ANÉANTI SUR SON SIÈGE, TANDIS QUE BUSURGE ÉVEILLÉ PAR SES CRIS SE LÈVE.)

SCÈNE IV.

HORMISDAS, BUSURGE.

BUSURGE, (s'avançant à pas lents).

Les cris du désespoir ici se font entendre:
Sans doute un malheureux vient encor d'y descendre.
Son cœur, comme le mien, n'a pu s'accoutumer
Au poids de l'infortune... essayons de calmer...

HORMISDAS (brusquement).

Qui s'approche?...

BUSURGE.

Je viens...

HORMISDAS.

Que veux-tu téméraire?

BUSURGE.

Vous consoler, long-tems j'ai trainé ma misère
Sous ces murs qu'ont percés vos accents douloureux;
J'ai connu le malheur, je plains un malheureux.

HORMISDAS.

Tu plains... me connois-tu? dis-moi, parle sans feinte.

BUSURGE.

Je juge au désespoir dont votre âme est atteinte,
Qu'en ces lieux, comme moi, victime d'hormisdas
Vous fûtes plongé...

HORMISDAS.

Ciel...

BUSURGE.

Ah! n'en rougissez pas:
Ils ont plus d'une fois recélé l'innocence.
Je vois que d'hormisdas le nom seul vous offense,
Je sais qu'il est superbe, et qu'il aime à punir;
Nul plus que moi n'acquit le droit de le haïr.
Que n'a-t-il sur moi seul épuisé sa vengeance!
Je lui pardonnerois deux lustres de souffrance..
De son sort toutefois j'ose à vous m'informer;
J'ignore contre lui ce qu'on a pu tramer;
Mais d'un peuple en fureur la foule révoltée,
Vers ce même cachôt aujourd'hui s'est portée;
On a percé ces murs, et ces gouffres ouverts
De mille malheureux ont vu tomber les fers.
»Suivez-moi, crioit-on, d'une voix formidable,
»C'en-est-fait du tyran» à ce cri redoutable,
On court, on se rassemble, et tous au même instant
De ces antres profonds sortent en frémissant.
Pour moi, foible, et n'ayant que quelques jours à vivre,
Je les ai vu partir sans chercher à les suivre.
Que sont-ils devenus? et que fait hormisdas?
Peut-être vous savez...

HORMISDAS.

Ne m'interroge pas.

BUSURGE.

Chaque mot d'un tyran réveille en vous la haine :
Sa vengeance envers vous fut donc bien inhumaine!
Mais votre sort fut-il mille fois plus affreux ;
Vous voyez un mortel encor plus malheureux...

HORMISDAS.

Plus malheureux, qui? toi?..

BUSURGE.

J'élevai son enfance.

HORMISDAS (DANS LE PLUS GRAND ÉTONNEMENT).

Quoi !...

BUSURGE.

Calmez-vous : des fers en sont la récompense.

HORMISDAS (AVEC UNE SURPRISE MÊLÉE DE HONTE ET DE FUREUR).

C'est Busurge!..

BUSURGE.

A mon nom quel transport de fureur
Soudain vous a saisi ! dieu! vous fait-il horreur?
J'ai cru qu'hormisdas seul l'entendroit avec peine.

HORMISDAS.

Arrêtez...je frémis... Ciel! faut-il que ta haine,
Rende de mes revers Busurge spectateur !

BUSURGE.

Hé ! quoi ! vous redoutez l'œil d'un consolateur !
Pour être malheureux, on n'est point méprisable.
La honte, croyez-moi, n'est que pour le coupable :
Peut-être ce sont là vos premières douleurs,

L'apprentissage est dur ; mais aux plus grands malheurs
On s'accoutume enfin: Que dis-je ? pour le sage
Il n'est point de malheur comme il n'est point d'outrage,
Le seul vraiment à plaindre est celui dont le cœur
Jamais de la vertu n'a gouté la douceur,
Et qui voit du tombeau l'abyme inévitable,
Sans que le souvenir d'une action louable,
De ce cruel passage adoucissant l'horreur,
Accompagne son âme aux pieds d'un dieu vengeur.

HORMISDAS.

Ah ! je vous reconnois ! vingt fois dans mon enfance
Vous m'avez répété cette même sentence.

BUSURGE.

Dans votre enfance ô ciel ! . . . eh ! qui donc êtes vous ?

HORMISDAS.

Hormisdas.

BUSURGE *reculant de surprise et d'effroy.*

Ciel ! ô ciel ! . . . ce sont là de tes coups ô
Dieu terrible ! ô mon fils ! . . . .

HORMISDAS.

Que ce nom m'humilie !
Après le traitement . . . .

BUSURGE.

Vous souffrez, je l'oublie.

HORMISDAS.

Quoi ! vous me pardonnez mes lâches cruautés ?
Vous que des fers . . .

BUSURGE.

Parlons de ceux que vous portes :
Dans ce séjour de deuil qui vous a fait descendre ?

HORMISDAS.

Mes sujets ?

BUSURGE.

Aucun d'eux n'a voulu vous défendre !

HORMISDAS.

Aucun ?

BUSURGE.

Qui donc arma leurs bras victorieux ?

HORMISDAS.

Bindoës.

BUSURGE.

Je vous plains, car il est vertueux.

HORMISDAS.

Vertueux ! lui ! ce traître ! . . . .

BUSURGE.

Excusez ma franchise :
Mais mon âge, mon nom, ce lieu, tout autorise

Busurge

Busurge qui vous plaint et n'a jamais flatté,
A vous parler encore avec sincérité.
Puisque de Bindoës votre chûte est l'ouvrage,
Tout me dit que du peuple elle aura le suffrage :
Un orgueil trop altier, d'injurieux dédains,
Des bienfaits méconnus, des ordres inhumains,
D'impôts toujours croissants vos provinces foulées,
La justice vendue et les lois violées,
Des affronts, des tourments avec art combinés ;
Que dis-je, des forfaits...

HORMISDAS. (AVEC SÉVÉRITÉ).

Busurge !

BUSURGE.

Convenez
Que de votre malheur j'ai découvert la source :
Craignez-en un plus grand... votre unique ressource...

HORMISDAS. (VIVEMENT).

Ma reessource ! en est-il ?... quelle est-ellle ? parlez...

BUSURGE.

La clémence du peuple... eh! quoi vous vous troublez?...

HORMISDAS.

A qui perd un Empire eh ! qu'importe la vie?

BUSURGE.

Mais l'échafaud...

HORMISDAS. (avec horreur).

Ah ! Dieux !

BUSURGE.

Si la Perse asservie
Ose abjurer enfin son respect pour ses Rois,
C'est qu'elle sent sa force et connoît tous ses droits ;
C'est que par le succès sa vengeance enhardie,
Veut avec le tyran frapper la tyrannie :
Prévenez, s'il se peut, ce fatal dénouement :
Les Persans assemblés dans ce même moment
Sur le sort d'hormisdas délibèrent peut-être ;
Au milieu d'eux, Seigneur, demandez à paroître :
Là, le front dépouillé, mais non pas abattu,
Par le courage au moins remplaçant la vertu,
Étalant du malheur la majesté modeste,
Au respect des humains seul titre qui vous reste,
Avouez tous vos torts.

HORMISDAS.

Les avouer ! qui ! moi !
A mes sujets !

BUSURGE.

Songez que vous n'êtes plus Roi.

HORMISDAS.

Jusqu'au dernier soupir, Busurge, je veux l'être ;
Je rougis...

BUSURGE. (VIVEMENT).

Rougissez, mais d'avoir pu commettre
Ces fautes que ma voix vous presse d'effacer ;
Rougissez, mais de vous, mais d'avoir pu forcer
Un peuple qui dormoit dans un long esclavage,
A s'éveiller enfin, à sentir son outrage !
Surtout n'affectez point un orgueilleux dédain :
Ce peuple qui s'éveille est le vrai souverain.
Vous iez usurpé le droit de le défendre ;
Il a pu le céder, donc il peut le reprendre,
Le peuple est tout ; un Roi n'est qu'un foible mortel,
Tous les Rois passeront : LE PEUPLE EST ÉTERNEL.
Craignez qu'il n'use enfin de toute sa puissance :
En avouant ses droits, désarmez sa vengeance.
Tombez devant le peuple et tout est oublié.
D'un règne que le glaive eût peut-être expié,
Vous même, en abdiquant, abjurez la mémoire,
Et des remords au moins ménagez vous la gloire;
Roi, vous n'avez compté que des jours désastreux,
Devenu citoyen, vous serez plus heureux ;
Et le peuple, content de n'avoir plus de maître,
De vingt ans de malheurs vous absoudra peut-être.
Je sais que votre cœur roidi contre le sort,
Peut mépriser les fers, les tourments et la mort ;
Mais, Seigneur, cette mort flétrit votre mémoire :
Voulez-vous donc qu'un jour on lise dans l'histoire :
» HORMISDAS EXPIRA PLONGÉ DANS UN CACHOT,
» HORMISDAS EXPIRA TRAINÉ SUR L'ÉCHAFFAUD :
voilà, n'en doutez point, le sort qu'on vous prépare :
Vous frémissez...

HORMISDAS.

Eh ! quoi ! par ce peuple barbare.
Un Monarque à la mort se verroit condamné !

E 2

Quoi !... je suivrai l'avis que vous m'avez donné.

BUSURGE.

Surtout n'oubliez pas que vous allez paroître
Devant votre vainqueur et devant votre maître.
Je vous laisse, Seigneur, on ne se doute pas
Que Busurge en ces lieux gémit près d'hormisdas ;
L'aspect d'un malheureux digne de quelqu'estime
Nuiroit à l'oppresseur en montrant la victime.
Adieu : J'espère tout d'un remords vertueux :
Le peuple est tout-puissant, il sera généreux.

(IL SE RETIRE DANS SON CAVEAU).

SCÈNE V.

HORMISDAS. (SEUL).

Oui c'est le seul parti qui soit en ma puissance,
Je le sens, vainement ma fierté s'en offense,
Il faut pour échapper au traître Bindoës,
Par un faux repentir abuser mes sujets,
Il faut gagner du temps, céder pour tout reprendre,
Et remonter au thrône en feignant d'en descendre.
Holà ! Gardes !

SCÈNE VI.

HORMISDAS, SARAME, GARDES.

HORMISDAS.

Captif et délaissé, ton Roi
Peut-il attendre encore un service de toi?

SARAME.

Qu'espères-tu ? . . .

HORMISDAS.

Je vois que ma mort est jurée;
A mon sort, quel qu'il soit, mon âme est préparée.
Mais tout ingrats qu'ils sont, mes sujets me sont chers :
Va-t-en dire à leurs Chefs que si, malgré mes fers,
Leur haine auprès de moi leur permet de descendre,
Pour la dernière fois que s'ils veulent m'entendre,
Je pourai leur donner d'interressants avis,
Et que mon seul espoir est de les voir suivis.

SARAME.

Toi, donner des avis ! toi, tyran ! ce délire
Leur paroitra nouveau, je cours les en instruire.

(IL SORT AVEC LES GARDES).

SCÈNE VII.

HORMISDAS (seul).

A quel abaissement, ô sort! tu me réduits!
Et que ferais-je hélas! en l'état où je suis,
Qu'étaler à leurs yeux, flattant leur insolence,
L'opprobre de ma chûte et de mon impuissance!...,
Mais que je bénirois cet affront passager,
Si je pouvois encor régner et me venger!...
Allons; il faut céder au sort à qui tout cède;
Un mal désespéré ne suit aucun remède;
Audacieux sujets! Superbes ennemis!
Si je puis à mon joug vous voir encor soumis,
Avec plus d'art alors ménageant ma puissance.
Je saurai prévenir la désobéissance.

SCÈNE VIII.

HORMISDAS, SARAME, GARDES.

SARAME.

On consent à t'entendre, et malgré tes forfaits,
On va te recevoir dans ton propre palais:
Tu peux m'y suivre:

HORMISDAS.

Eh ! quoi ! dans son orgueil extrême,
Mon peuple rougiroit de me chercher lui-même :
C'est lui qui me commande . . .

SARAME.

Oui, tyran, il n'est plus
Ce temps où révérant tes ordres absolus,
Ton peuple à tes genoux s'abaissoit pour les prendre ;
C'est son tour aujourd'hui d'obéir et d'attendre.

HORMISDAS.

O supplice !. . .

SARAME.

Suis-moi . . .

HORMISDAS.

Non, non, plutôt la mort. . .
Mais pourquoi jusqu'au bout ne pas tenter mon sort ?
Je te suis : Mes sujets me verront, et peut-être
Ils trembleront encore à l'aspect de leur Maître.

(ON L'EMMENE).

Fin Du Second Acte.

ACTE TROISIÈME.

(LE THÉATRE REPRÉSENTE LE PALAIS DANS TOUT SON LUSTRE TOUT AUTOUR SONT DES SIÈGES OCCUPÉS PAR LES GRANDS ET LE PEUPLE INDISTINCTEMENT).

SCÈNE PREMIÈRE.

BINDOES, LE PEUPLE.

BINDOES.

Oui, c'est dans ce palais, c'est dans cet appareil,
En présence du peuple, à l'aspect du soleil,
Que nous devons porter ce jugement sévère
Qu'avec inquiétude attend la Perse entière.
Mais il faut nous hâter: Nos ennemis secrets,
N'en doutez pas, dans l'ombre ourdissent leurs projets.
Quoiqu'au gré de nos vœux jusqu'ici tout prospère,
L'état n'est point sauvé, tant qu'un tyran espère:
Et puis qu'auprès de vous il veut être introduit,
C'est qu'il se flatte encor que le peuple séduit
Pourra se repentir d'avoir brisé sa chaîne.

(L'ASSEMBLÉE FAIT UN GESTE D'INDIGNATION).

Je vous

Je vous vois tous frémir... il est temps qu'on l'amène

(IL FAIT SIGNE QU'ON INTRODUISE HORMISDAS).

Mais pour mieux l'accabler, sachons en le voyant
Modérer nos transports : qu'un silence éloquent
Exprime seul l'horreur qu'inspire sa présence :
Contre un tyran vaincu, les cris, la violence
D'un peuple juste et fier blessent la Majesté.
Le signe de la force est la tranquillité.
Au discours d'hormisdas je m'engage à répondre :
Mon bras l'a terrassé, ma voix va le confondre.
En imprécations soit qu'ici son courroux
S'exhale, ou qu'empruntant un langage plus doux,
Il cherche à nous tromper par de vains subterfuges,
Gardons l'air imposant qui convient à des juges.
Il vient. Asseyons nous.

SCÈNE II.

BINDOES, SARAME, PEUPLE, HORMISDAS (DEBOUT).

HORMISDAS.

Grands, peuple, écoutez-moi :
Dans votre prisonnier vous voyez votre Roy.
Hier, à ce nom seul que le monde révère,
vos fronts respectueux s'inclinoient vers la terre ;
Aujourd'hui, quel contraste ! Entouré d'ennemis,

Je vois en ma présence avec orgeuil assis
Ceux qui, n'osant fixer l'éclat de ma couronne,
N'abordoient qu'en rampant les marches de mon thrône;
Ce thrône reste vuide, et ce palais sacré,
Où j'habitois en dieu, par la Perse adoré,
Me voit en criminel trainé devant ceux même
Dont le ciel m'a créé chef et juge suprême!

SARAME.

Il invoque le ciel qu'il outragea vingt ans.

UNE VOIX DANS LA FOULE.

Va, ce n'est point le ciel qui créa les tyrans.

HORMISDAS (CONTINUE).

Poursuivez: insultez au malheur qui m'accable:
Haï de vous, je dois vous paroître coupable:
Mais qu'ont fait tant de Rois, mes immortels ayeux?
Vos mépris, vos fureurs rejaillissent sur eux.
Oui; dans ces noirs cachots plongé par des perfides,
Je gémis entouré de tous les Arsacides;
Avec moi les Sapors, les Chosroës aux fers,
Tremblent sous un geolier qui rit de leurs revers,
Que dis-je? à ces grands noms que l'univers admire
Je crois voir le mépris sur vos lèvres sourire:
Eh! bien! ne voyez plus en moi qu'un criminel;
Préparez à vos cœurs un remords éternel:
Mais songez aux malheurs qui menacent la Perse;
C'est l'état tout entier que votre bras renverse;
Vous croyez hériter du pouvoir de vos Rois;
Mais que sert le pouvoir quand il n'est plus de loix?
Serez vous grands si rien ne maintient l'équilibre?

Si le plus vil sujet, comme vous, se croit libre?
La révolte confond les pouvoirs et les rangs.
Des derniers des humains elle fait des tyrans;
D'un colosse tantôt abat la tête altière,
Et tantôt de l'état élève la poussière:
Un vaisseau doit périr quand tous les matelots,
Se disputant le droit de commander aux flots,
Opposent leur caprice aux coups de la tempête.
Un orage terrible en ce moment s'apprête:
Varame vous menace, enflammé de courroux;
Pour trahir votre Roi, quel temps choisissez-vous?
Est-ce donc quand un Chef devient plus nécessaire,
Est-ce au sein du péril que l'on doit s'en défaire?
Et qui vous sauvera de ce nouveau danger,
Sinon le même bras qui sçut vous protéger;
Qui sçut vous enrichir par d'illustres conquêtes?
Interrogez les Turcs, leurs nombreuses défaites,
Ce tribût que vos mains leurs payoient autrefois,
Et dont j'ai fait sur eux retomber tout le poids.
Interrogez encor les cruels Dilimnites:
Sur ces monts, que ma main leurs traça pour limites,
J'ai sçu forcer au joug ces peuples indomptés.
Interrogez surtout ces Romains si vantés:
Ils pleurent mes succes; ils ont toujours présente
De Martyropolis la perte encore récente.
Interogez... mais non: oubliez mes exploits;
Oubliez vos serments, foulez aux pieds les loix...
Vous qui m'avez ravi la puissance suprême,
Voyons si vous saurez en mieux user vous-même,
Et si, faisant bénir votre heureux attentat,
La main qui m'a trahi pourra sauver l'état.

BINDOES (SE LEVANT).

Défenseurs de nos loix, vengeurs de la patrie,
Qu'un même sentiment autour de moi rallie,

Reconnoissez la voix d'un maître impérieux ?
Superbe dans les fers, il étale à nos yeux
Sur un front dépouillé l'orgueil du diadême
L'empire est ébranlé, le péril est extrême,
Dit-il; et quand c'est lui, quand c'est sa cruauté
Qui met le fer aux mains du peuple révolté,
Lui-même ose exciter notre bouillant courage
A repousser des traits qu'a provoqués sa rage;
Lui, le plus acharné de tous nos ennemis,
Pour détourner nos yeux du mal qu'il a commis,
Nous oppose celui que Varame projette;
Ne crois pas qu'un vain bruit, tyran, nous inquiette:
Si Varame en effet cherche à te remplacer,
C'est un tyran de plus qu'il nous faudra chasser;
Mais nous ne voulons point unir ton sort au notre,
Ni rentrer sous un joug par la crainte d'un autre.
Nous avons trop long-temps souffert l'oppression;
De quel droit blâme-t-il notre rébellion,
Lui, qui n'a point rougi de se montrer rebelle
Aux loix qui reposoient sous sa garde fidelle?

HORMISDAS (AVEC IMPATIENCE).

Peuple...

SARAME.

Écoute et frémis.

BINDOES (CONTINUE).

Honte de ses ayeux,
De quel front nous vient-il citer leurs noms fameux,
Quand de ses seuls forfaits la multitude efface
Les exploits réunis des héros de sa race?
Tout son régne ne fut qu'un brigandage affreux;
Son thrône un échaffaud, où mille fois ses yeux
Se sont repûs du sang des plus nobles victimes;

Le Tygre, dont les eaux recèlent tant de crimes,
Gonflé d'un long amas de cadavres sanglants,
Roule, indigné du poids qui rend ses flots plus lents;
Ce bourreau de la Perse, entouré de décombres,
Sembloit ne vouloir plus régner que sur des ombres.

HORMISDAS (VOULANT ENCORE INTERROMPRE).

Je jure,..

BINDOES (CONTINUE).

Oseroit-il nier tous ces forfaits?
Des milliers de témoins inondent son palais;
Ces regards irrités que son orgueil affronte,
Semblent l'accuser tous, et lui demander compte
Du sang qu'il a versé, des biens qu'il a ravis...

UNE VOIX DANS LA FOULE.

Oui, dans tous nos regards ses forfaits sont écrits.

UNE AUTRE.

Il m'a ravi mon fils!

UNE AUTRE.

Il a tué mon père!

UNE AUTRE.

De la clarté des cieux il a privé mon frère!

BINDOES.

Mais j'admire sur-tout qu'usurpant nos lauriers
Il vienne nous parler de ses exploits guerriers:

A l'entendre, lui-seul défendant nos limites,
A vaincu les Romains, les Turcs, les Dilimnites;
C'est un Héros!.. qui? lui! monarque d'un Sérail,
D'un troupeau de flatteurs brillant épouvantail,
Contre ses sujets seuls lui qui tirant l'épée
Dans le sang ennemi ne l'a jamais trempée!
De quoi nous ont servi tes exploits prétendus?
Des Turcs à tes sujets qu'importent les tributs?
Que nous importeroient ceux de toute la terre,
Si tu dévores seul tous les fruits de la guerre,
Si l'or de nos voisins, de tant de sang payé,
Se perd, comme le notre, à ton luxe employé;
Si nos champs ravagés, et nos villes désertes,
Sous le poids des succès ne sentent que des pertes;
Si l'esclavage enfin, la misère et le deuil
Environnent le char qui traîne ton orgueil!
Est-ce donc pour toi seul qu'existe la patrie?
Vâ, tyran, plus semblable aux tygres d'Hirçanie
Qu'aux autres habitans de tes tristes états,
Tu n'es plus rien pour nous; le nom seul d'hormisdas
Fait frissonner ton peuple armé pour ton supplice:
Ton règne a fait du Ciel accuser la justice;
Il faut l'absoudre enfin; il faut venger nos loix,
Et par un grand exemple épouvanter les Rois.

(TOUTE L'ASSEMBLÉE SE LÈVE EN SIGNE D'APPROBATION).

HORMISDAS.

Quoi! vous applaudissez à ce chef régicide!
Je vois tous mes sujets complices d'un perfide!

BINDOES.

Complices! de ce nom oses-tu les flétrir?
Quand on juge un tyran, l'ardeur de le punir
Fait des imitateurs, et non pas des complices.

HORMISDAS.

Faut-il que tant d'audace échappe à mes supplices !
O ciel ! ce n'est qu'en toi que je puis espérer :
Le malheur me réduit enfin à t'implorer !
Dieu puissant ! sois sensible à mon premier hommage !
Arme-toi de ta foudre, et venge ton image !

BINDOES.

Amis, vous l'entendez : il n'a plus que des vœux
Pour nuire à ses sujets, il les tourne contre eux,
Son courroux impuissant, mais toujours sanguinaire,
Ne pouvant le lancer, invoque le tonnerre.

HORMISDAS (DANS LA DERNIÈRE FUREUR).

Oui je l'invoque traître, et... (APPERCEVANT BUSURGE QUI ACOCURT AVEC PRÉCIPITATION).
dieu !.. Busurge !..

SCÈNE III.

LES PRÉCÉDENS, BUSURGE.

BINDOES (APPERCEVANT BUSURGE).

Ciel !..

BUSURGE.

Oui, c'est Busurge, amis :

BINDOES (COURANT AU-DEVANT DE BUSURGE).

Vénérable mortel !
Qui vous rend à nos vœux vous que la Perse entière
A pleuré...

BUSURGE.

Je revois, je bénis la lumière,
En venant dans ce lieu, jadis tant redouté,
Respirer avec vous l'air de la liberté.
Sans doute un si beau jour est un jour de clémence :
Sans doute hormisdas....

BINDOES.

Quoi! vous prenez sa défense ;
Vous, Busurge ?...

BUSURGE.

A mon âge hélas ! à l'amitié
Pardonnez ma foiblesse : il me fut confié,
J'élevai son enfance, et quoiqu'il ait pu faire,
Je ne puis oublier qu'en un temps plus prospère
Je l'appellai mon fils :

BINDOES.

Ce fils fut un ingrat :
Ah ! vous nous rappellez son plus noir attentat !
Ces soins même, ces soins, qu'envain à son enfance

Vous

Vous avez prodigués, appellent la vengeance
Qu'une aveugle pitié veut détourner de lui :
Formé par un tel maitre, il seroit aujourd'hui
L'idole des Persans, si dans son âme impure
Le crime n'étoit pas le vœu de la nature.
Il fut vingt ans despote; et l'on ne vit jamais
La vertu succéder à vingt ans de forfaits.
Pouvez-vous croire encor que son charme le touche ?
Elle a jadis envain parlé par votre bouche.
Quel garant avez-vous que son cœur moins pervers...

BUSURGE (VIVEMENT).

Il étoit sur le thrône alors... il est aux fers..?
Les leçons que, sans fruit, autrefois j'ai dictées,
Dans l'horreur d'un cachot aujourd'hui répétées,
Vont plus profondément se graver dans son cœur.
On ne méprise point les leçons du malheur.
Enfin puisqu'il souscrit à votre vœu suprême...

BINDOES.

Lui?.. que nous dites-vous?..

BUSURGE.

Ce qu'il m'a dit lui-même.

HORMISDAS.

Busurge, c'en est trop : cessez de m'avilir :
Je puis perdre mon sceptre, et non pas le flétrir :
A mon peuple qui! moi? jurer obéissance!

Moi! reconnoitre en lui la suprême puissance!
Moi, renoncer au thrône... ah! connois mieux un Roi.

BUSURGE.

Ciel!

HORMISDAS.

Je suis hormisdas. Le thrône est tout pour moi,
Ou le thrône, ou la mort...

BINDOES.

Il s'est jugé lui même:
Vous l'entendez Busurge?...

BUSURGE.

Ah! ma honte est extrême;
Avec lui renfermé sous ces affreuses tours,
J'eus pitié de son sort: Voulant sauver ses jours,
Je lui fais entrevoir qu'un repentir sincère
Pourra du peuple encor désarmer la colère:
Son superbe courroux écoute mes avis:
Je le quitte; il promet qu'ils vont être suivis;
Seul, au milieu de vous, il demande à se rendre,
Et c'est pour vous braver!.. J'accours, c'est pour entendre!..
Je ne survivrai point à cet horrible aveu:
Rendez-moi ma prison, je vais mourir... adieu!

(Il sort).

BINDOES.

Ainsi de son orgueil l'infléxible démence
De Busurge lui-même a lassé la clémence!

De quels forfaits, tyran, n'es-tu pas convaincu,
Quand la vertu rougit de t'avoir défendu ?

HORMISDAS.

Và, c'est du crime seul que j'attends ma vengeance ;
Varame...

BINDOES.

O ciel ! quel bruit !.. et quel guerrier s'avance ?

SARAME.

Une escorte le suit ;

BINDOES.

Est-ce une trahison ?...

HORMISDAS.

Ah ! peut-être !..

BINDOES.

En mon cœur je ne sais quel soupçon
S'élève...

SCÈNE IV. ET DERNIÈRE.

LES PRÉCEDENS, VARAME. (TROUPE DE GUERRIERS).

VARAME.

Mes amis, reconnoissez Varame.

BINDOES (AVEC INQUIÉTUDE).

Que vient-il annoncer ? . . .

HORMISDAS,

L'espoir naît dans mon âme.

VARAME.

Eh ! quoi ! de mon abord moins surpris qu'inquiets,
Vous craignez ma présence, et vous restez muets !
Je sais qu'aux yeux du peuple, on m'a peint comme un traître ;
J'accours vous détromper, et vous m'allez connoitre.
Cher Bindoës, j'arrive aux pieds de ces remparts ;
Vous y verriez déjà flotter mes étendarts ;
Lâchement outragé, dans ma juste colère,
J'allois, en me vengeant, venger la Perse entière ;
Mais j'apprends qu'hormisdas est tombé sous vos coups :
De ce triomphe heureux mon cœur seroit jaloux,
Si ce cœur n'eut voulu que punir un outrage :
Mais j'aime ma patrie ; et si votre courage
Plus prompt m'a devancé dans mes hardis projets,
J'aurai la gloire au moins d'assurer vos succèes

BINDOES. (IL EMBRASSE VARAME).

Je te rends grace, ô ciel ! ma patrie est sauvée.

HORMISDAS.

O destin ! ta vengeance est enfin achevée !

VARAME (CONTINUE).

Nos guerriers qui d'abord s'armoient pour un afront
Qu'ils vouloient effacer par un châtiment prompt,

Vers un plus noble objet ont tourné leur courage :
Ils veulent que la Perse, achevant son ouvrage,
Reprenne enfin son lustre et sa félicité,
Sous l'empire des loix et de la liberté :
Quelque soit à nos yeux l'éclat qui le renomme ;
Ils veulent que jamais la volonté d'un homme
N'enchaine un seul instant la volonté de tous :
Ils veulent q'hormisdas enfin, dont le courroux
Autant que de sujets peut compter de victimes,
Aille sur l'echafaud expier tous ses crimes,

BINDOES.

Leurs vœux seront remplis ; son supplice est tout prêt.

VARAME.

Et qui pourroit encor suspendre son arrêt?
Il l'a trop mérité ; sur sa coupable tête
Il est temps que des loix le glaive tombe...

BINDOES.

Arrête :

Le crois-tu donc puni s'il ne fait que mourir ?
C'est peu de cesser d'être, un tyran doit souffrir;
Et voici le supplice au quel par mon organe,
D'une commune voix la Perse le condamne :
„Que dans ses yeux cruels un fer ardent plongé
„Du jour, par ses forfaits si long-temps outragé,
„Lui ravisse à jamais la clarté bienfaisante.„
Ainsi nous vengerons cette foule innocente
D'infortunés Persans qu'un supplice pareil,
Par son ordre, à privés de l'aspect du soleil.

(S'ADRESSANT A L'ASSEMBLÉE).

Peuple, à ce jugement si quelqu'un est contraire,

Si la peine lui semble injuste ou trop sévère,
Qu'il se lève ... (TOUS RESTENT IMMOBILES).
Tyran, ton arrêt est porté :
Leur silence te dit que tu l'as mérité :
Và le subir; retourne en ta prison profonde,
Et de ton soufle impur ne souille plus le monde.

HORMISDAS.

Mon sort est donc rempli: mais toi peuple odieux,
Tremble : je vis encor! de mes horribles vœux
Je vais lasser le ciel, et ma haine éternelle
Dévoue à tous les maux ta race criminelle :
Je ne pourrai les voir, mais je les apprendrai,
Ma chûte en sera cause, et je la bénirai.
(ON L'ENTRAINE).

BINDOES.

Amis ne craignez point les maux qu'il nous présage :
Le ciel ne s'ouvre point aux accents de la rage.
Le tyran est puni. Vive la Liberté.
Que ce cri généreux par-tout soit répété;
Que le peuple assemblé fasse entendre lui-même
Sur ce grand changement sa volonté suprême :
Qu'il choisisse les Chefs qui doivent gouverner;
Nous, fidèles aux loix qu'il voudra se donner,
Quelles que soient ces loix, amis, jurons d'avance,
Jurons au vœu du peuple entiere ob,issance.
Nous qui l'avons vengé, ne le trahissons pas;
Et pour faire oublier le règne d'Hormisdas,
Par une prompte paix rassurant la patrie,
Que la vengeance expire avec la tyrannie.

Fin Du Troisième Et Dernier Acte.

129

www.ingramcontent.com/pod-product-compliance
Ingram Content Group UK Ltd.
Pitfield, Milton Keynes, MK11 3LW, UK
UKHW021134230726
13926UKWH00002B/802

9 782014 452273